허윤 시집

내가 그대를 사랑하는 이유

미당문학사

시인의 말

12장의 시간과 공간 속에
삶은 희로애락을 담고

가벼운 달력 한 장을 넘길 때마다
가슴을 쓸어내리던 순간들이
문득 떠오릅니다

님은 달무리처럼 빛을 내고
시인은 흔적을 남긴다지만

평지풍파 거친 숨결 비껴가듯
칼바람은 미친 듯
내 마음 수액 되어
한 방울 한 방울 떨어집니다

세상이 빈집이어서 일까
머물 수 없는 바람은
오목풍가梧木豊歌의 장단 속에
그대,
행로청수杏路淸水로
담아보고 싶습니다

목차

시인의 말

Ⅰ. 사랑의 길

Ⅱ. 비 오는 날의 초상화

Ⅲ. 봄이 오는 소리

Ⅳ. 운명이 다하는 날까지

평론

I. 사랑의 길

시의 향연

자만심이 문제일까
한 줄 마음을
정리하여 펜을 들어보니
실망감이 몰려온다

스치는 영감은
글의 모태가 되지만
틀 안의 짜임은
마음을 담을 수 없는 그릇이다

글을 쓸수록
마음은 맑아지는데
심정이 고개를 숙이는 이유는 무엇일까

개성과 창의력이
부족한 것일까
꿈을 갖는 소중함도 망각이었을까

고독의 시간이 물감처럼
번지고 있는 아픔일까

바람 앞에
힘없이 떨어지는 꽃잎은
의문 속에 남겨지고
또 다른 자아실현이 부족한 것은 아닐는지

상사화
— 고창 선운사에서

늘어진 꽃무릇 사이
선명한 구근이 서로를 마주 보며
사랑을 나누려 애쓰지만

님의 애타는 가슴앓이
해탈의 꽃 피우기 전
세상을 등지는데,

비틀어 말라버린
애달픈 꽃대는
무심한 사랑으로 잎이 지고
피기를 반복한다

쌓여가는 그리움은
애증의 강이란 말인가.

한 여인을 사모하다
애타는 가슴 부여잡고
이룰 수 없는 사랑만 남기고 간
어느 스님의 슬픈 사랑 이야기

한 송이 상사화는
말 없는 침묵으로
죽음보다 강함을 보여주고 있다

당신이 있어

그리워 보고파 해도
그리운 게 사랑이란 말인가

우연처럼 다가온 나의 사람아
나와 무슨 인연이 이리 깊어
두고 온 상처와 나의 허물까지도
똑같단 말인가

그대와 만나면서 아픔을
지워가는 매 순간까지
우리가 빼앗겼던 행복을
불러올 수 있어 다행이라네

꿈결 같은 그대와 나
긴 밤을 밀착할수록
벽이었던 세상 허물어지고

멈춰버린 시곗바늘은
우리 운명 한가운데
다시 돌기 시작했다네

달빛 어린 처마 끝
호롱불 나부끼는 밤으로

우리 내밀한 속삭임들이 파도칠 때
그대의 속살은 은빛 바다였다네

해우소解憂所

오래된 동백나무와 자하루 옆
감로 다실을 돌다 보면 한 그루 나무
이제는 수명을 다해 나이테만
얼굴을 내민 채 깊게 잠들어 있다

매봉산 자락 성불사 한쪽 모서리
언제부터인가 스님은
세 칸짜리 해우소를 만들기 위해
온 힘을 다하셨다

알 수 없는 평수
줄 잣대는 삶의 해탈을 위해
바닥의 깊이를 헤아려보듯
해맑은 웃음으로 해우소를 지으셨다

무엇을 그리 가슴에 담았을까
채웠던 그릇 비워도 비워도

끝이 없는 게 속세의 허물이라며
스님은 해우소를 가리킨다

본마음이 아닐지라도
힘겹게 올라와
비워야 할 그릇은 있지 않을까

성불사에서 내려다보이는
아침은 안개구름이다

삶의 희망은 문득 찾아오는 게 아닌 듯
마음은 무심이라며 부처는 말없이
미소로 나를 반기고 있다

사랑의 길

하얀 백지장 위에
한 줄 써 내려가다
그 틈 사이
심한 갈증을 느낍니다

한 잔의 커피로
행복으로 젖어 들어가는 순간

오늘도 쉬임 없이 분주했을 당신
끝없이 이어지는 인연의 산더미 속에
나는 당신에게 편지를 보냅니다

반목으로 이어지는
당신과의 인연
아름다운 음악과 함께
내 마음을 실어 보냅니다

창밖 아름답게
부서져 내리는 가로등 불빛이
유난히 당신을 유혹합니다

행복으로 가는 사랑의 길

가로등은 불빛 그림자
내세우며
포근한 그대 품속을
그리워합니다

사랑하는 사람아

가을은 지난 바람과 함께
우리 곁으로 어김없이 다가서고

밭에 무 배추는
찬 서리에 주눅들까
온기를 찾아
집으로 들어선다

상강이 지나면 텅 비워진
가을 들판의 낮은 언덕배기
여태껏 떠나지 못한 허수아비
찬 서리에 바들바들 떨고 있다

가랑이 사이로 지나는 바람
벗 삼아 저만치 돌아선 가을

어느새 아름다운 가을은
낙엽 지듯 우리 곁을 떠나는데

사랑하는 사람아
계절의 삭풍은 칼바람 몰고
우리의 사랑이
가벼워진 산비탈로
치닫고 있는지 모른다

가을 편지

사무실 창가 사이
촉촉한 얼굴을
내비치던 가을 햇살이
방긋 얼굴을 내밉니다

이른 아침 당신의 온몸을
구석구석 닦아주며
흘러내린 머리를 쓸어 올려주며
이마에 입술에 입맞춤하는
향기로운 둘만의 시간

우리처럼 상큼한
아침을 여는 사람도 드물 텐데
당신은 내게 있어 사랑인가 봅니다

출근길
부드러운 향기 가득한
악마의 유혹이라는 커피 잔을 안기면서

"여보! 사랑해요" 라며
살며시 사라지는
설탕 같은 음성과
부드러운 미소와 입술로
입맞춤하며 시작을 알리는 사랑의 속삭임

마음만은 여유롭고
풍요롭게 해주는 당신은 사랑입니다

분분히 흩어지는 낙엽
그 사이로 바람결에 휩싸여
모여지는 한 잎 두 잎

은행잎이 시샘이라도 하듯
시기와 질투를 합니다

내 귓가를 간질이며
스쳐 지나가는 말
"마음 가득 설렘으로 나를 안아주는 당신은
가을을 아쉬워하는 사랑입니다"

메마른 토지에
떨어지는 갈망하는 비
그 간절함으로
당신을 위해 기도합니다

내 기도 속에 떨구어지는
눈물 속에 숨겨진 사람

다른 사람이 아닌 당신이었으면
좋겠다고,

내 가슴속에서 영원히 사랑으로

남을 내일까지도

함께 할 수 있게 해달라고 기도합니다

당신의 사랑

당신을 너무나 사랑해서
그대라는 이름을
잊어버릴까 두렵습니다

너무도 보고 싶은 그대
당신이란 이름을
고이 가슴에 담았습니다

애달픈 목마름 보다
갈증을 느끼게 한 당신

당신도 내 가슴 저미는 곳까지
파고들지는 않으려는지

나는 당신으로 인해 목마름과 갈증을
해결할 수 있었습니다

언제부턴가 당신은
내 가슴 시리도록
파고들었습니다

미움보다는 사랑을
사랑보다는 당신 이름으로
나는 어느 순간 당신을 지우고
그리움으로 당신을 새겼습니다

그리고 흔들리고 싶은 날에는
당신을 떠올려
우리의 추억과 아름다운 사랑을
스케치하였습니다

책갈피 속에 담아둔 그대와 나
둘만의 그림 속엔 언제나

아침이슬 머금고 피어난 한 송이

국화꽃처럼 내 가슴은
따뜻한 햇볕처럼
당신만을 바라보고 있습니다

나의 빈자리를 채우고 있는 당신
당신이 있기에….

어머니

산골 오지 마을
굽이굽이
그 길을 가다 보면
병풍처럼 펼쳐지는
아담한 풍경이
수채화처럼 둘러싸여 있다

맑고 깨끗한 호수 아래
아담한 초가집 하나
그 이름은 새집이었다

나는 그 곳에서
어머니의 품속을 헤집고 나와
세상 빛을 보았다

그렇게 곱디곱던 어머니
이제는 곱던 얼굴

어디 가시고
백발이 서려 있나

어머니
어머니

사랑합니다

가을을 보내는 마음의 편지

가을이 저물어가는 길목
멀리서 아주 멀리서
어린아이 걸음마처럼
겨울이 성큼 다가서고 있습니다

이제 막 잠에서 깨어나
칼바람 몰고 떨리듯
다가오는 미동 소리
겨울이 오고 있는 화음입니다

왠지 내 마음이
조급해 보입니다

차마 전하지 못했던
깊은 가을 사랑

겨울이 온 뒤에도 지금처럼
백설 위에 꽃가루 날리듯
은행잎으로 노란 옷을
갈아입을 수 있을까

가득한 그리움에 겨울이
은행잎에 안기기 전
내 마음을 전하고 싶습니다

그리움 1

가을 국화꽃 필체로
하얀 겨울을 기다리고 싶다

계절의 속성상
어김없이 다가오는 인연

그리운 하얀 사랑은
추억이 있기에
눈물로 채울 수밖에 없다

하얀 도화지 위에
헤맨 설원의 풍경 이야기

지우고 긋기를 반복하면서
쌓였던 그리움은
너부러져 쌓여만 가고 있다

희열을 안고 돌아선 어느 순간
만남의 물음표는 기쁨의
여백으로 채울 공간조차 없다

그러나 홀로 남는 빈 여백은
무엇으로 채워야 할까

그대 사랑

청아한 뭉게구름
속살까지
그대의 사랑이여라

가슴 저미는
눈빛과 가슴으로

채워도 채울 수 없는
그대의 사랑
둘 만의 의미 있는
소중한 시간이 그리워라

당신의 영혼과 사랑
표현할 수 없는 사랑이여

채워도 채울 수 없는
내 사랑이어라

온몸으로 느낄 수 있는
그대 영혼,

내 사랑을 온몸으로
채워 드리고 싶어라

물길은 잴 수 있어도
사랑의 깊이는 알 수 없듯이

그대 사랑 뭉게구름 되어
당신을 향한 나의 사랑

당신을 온몸으로
느껴보고 싶어라

그대 그리움

연분홍 불빛 가르며
깊숙이 파고드는
하얀 그리움

레몬 향기처럼 꽃가루 되어
그대 얼굴을 그려보고 싶습니다

허공을 가르며
그려지는 파스텔 가루처럼
핑크빛으로 피어나는 그대 얼굴

내 작은 숨결 하나에
생명의 혼을 담아
그대 얼굴에 숨어 있는
천사 같은 미소를 담아내고 싶습니다

나래 위에 춤추듯
살포시 내려앉은 하얀 그대

연분홍 향기 속에
그대의 행복을 애무하며 만져보고 싶습니다

하얀 그대 그리고 그리움

커튼 사이로 살포시 스며드는
그대의 꽃망울은
짙게 채색된 나의 그리움입니다

기다림

첫 눈이 오면 고백하고
첫 눈과 함께
우리 사랑을 속삭이고 싶습니다

당신과의 인연
가물가물한 회색빛 하늘에서 탯줄을 끊고
두둥실 내려오는 눈꽃송이처럼

싱싱하게만 느껴지는 한적한 도심 하늘 아래
풍기는 내음은 어쩌면
당신과 내 사랑의 화음인지 모릅니다

대지에 내려앉아 산과 나무를 덮고
하얀 광채가 하늘과 땅을
백색의 설국으로 만드는 신비로움 속에

높은 봉우리 뾰족하고 날카로운 뼈대를
부드럽게 덮으며 깊은 골짜기의 험한 비탈을
흰 비단으로 휘감은 하얀 겨울 이야기

저마다 흰 눈을 덮어쓰고
본연의 모습을 감춰버린 하얀 마법의 세상

당신과 함께 했던 우리 사랑 이야기가
마냥 그립습니다

그 시절이 그립습니다

가녀린 손으로
하얀 눈을 한 줌 쥐어짜면

주르르 물이 될까 싶어
꼭~ 쥐어
단단히 뭉쳐지는 우리 사랑

단아한 빛을 띠는
옥구슬이 될까 싶어
다시금 쥐어보니

우리의 사랑만큼 윤기 나는
하얀 옥구슬은 없었습니다

차창 유리에 입김으로
훅 불어 훈기를 쬐면

물안개처럼 사라질까 조바심에
하트를 그려내던 일들

눈이 오면
눈밭의 서정을 한 줄 한 줄

오려 만들었던
우리 사랑 이야기

긴긴밤 흥분과 격렬함도
녹일 듯이 순수하고

Ⅱ. 비 오는 날의 초상화

그대는 내 사랑이오

그대가 진정
나의 꽃이라 하였던가

어찌 그토록
황홀하게 내 마음
흔들며 다가왔단 말인가

지난 세월
무심하지 않은가

내 그대 위해
한잔 술을 건네고 싶으리

연분홍 채색된 홍조 빛
그대 피부

새색시의 치마 속 같은
가녀린 입술로

내 그대의 하얀
속살을 훔치던 날

은빛 구름 타고
내려오신 그대의
품속은 표현할 길이 없다네

아름다운
꽃으로
다시 태어난 그대여

오늘은
설중매에 취해
그대 꿈속에서 머물고 싶구려

이룰 수 없는 사랑
― 장애인을 위한 마음의 시

느끼면 느낄수록
가랑비처럼
내 마음과 가슴을 젖어들게 하는 당신

때 지나면 또 만날 수 없는
우리 인연이지만
마음의 눈높이를 가진
그대가 그립습니다

오늘은 당신을 볼 수 있다는
기대와 설레임
그대를 위해 그리움으로

가득하게 꽃피는 화원을 만들어
아름다운 꽃들보다
더 고운
사랑의 꽃으로 정원을 만들겠습니다

새벽이슬 잔디 밟으며

그대 오시는 날

그대 위해 두 팔 벌린 가슴으로

내 사랑 꽃피운

그대 향해

바람의 회초리를 맞이하겠습니다

갓 피워낸 당신의 향기로….

사랑

새벽이슬 칼날 같은
상고대를 만들고
강한 설움은 가슴속으로
파고드는 눈발이어라

냉대와 차별 속
가슴은 멍들게 하지만

육신의 질긴 끈 부여잡고
해맑은 웃음으로

차가운 시선 뒤로 한 채
사랑하는 마음을
온 누리에 나누리라

탯줄을 끊고 세상 빛을 보던 날
우렁찬 울림으로 고요했던 세상을
뒤흔들었던 그대

하얀 꽃잎 되어
세상 빛 누릴 것 같았던 나의 천사들

그대는 이제
나와 함께 무거운 짐을 함께 지고
연꽃 같은 삶으로 뜨겁게 사랑하리라

님아
― 어머니

아파트 둘레 그늘 사이
세상 인연 뒤로하고

흔적 없는 영혼의 세계로
한걸음 재촉하는 내 님아

애벌레 꽃나비 되어
인고의 나날들

훌훌 벗어 날개 던져버리고
늘어진 육신 가눌 길이 없어 보이니

슬프지 않은가
지나친 시련이여

연꽃 같은 삶 속에
자식 위해
헌신하신 모정이시여

바람조차
미동하지 않은 병실에서
지친 피로 기울도록

옷깃을 여밀고
님의 품이 그리워
님은 내 가슴속에 영원히 남아 있다네

불심佛心

타 들어가는 고뇌 속에
흐르는 전율은
매달린 절벽 같아

내 마음 머물 수 없는 곳이기에
척박하고 초월한 땅이어라

상식의 길이 끊어진 곳
안개를 움켜쥐고

빛을 매몰시키려는
우주 삼라만상은 끝이 없어라

마음의 상처 활활 타올라도
바라볼 수밖에 없는 심정은
채워도 채울 수 없는 불심이거늘

불자는
흙과 진흙 덩어리조차
성불이어라

고독

고독이 묻어 내리는 밤
당신의 환상 속에 메말랐던
나의 가슴은

단비의 이슬로
촉촉하게 적서옵니다

어울이
넘실대는 흐느낌 속
그것은 꿈이었습니다

세상 어둠이
소리 없이 휘감으며
내리는 고요함이
정적으로 물들 때

이명의 또 하나의 그림자는
격정을 동봉이라도 하듯
나를 기웃거립니다

마음의 문

발그레한 연꽃
빛으로 오는구나

떨쳐버릴 수 없는
내 마음을 열고

그대 아무런 조건 없이
연꽃 빛으로 다가와

스스로 그 향기를
젖어 열게 하는 구나

열수도 닫을 수 없는
아픈 기억의 터널들

어떻게 통과해 왔는지
모를 정도였으니

수렁의 진창을 밀어낸
그대는
더 눈물겨운 세월의 터널을
지나왔거늘,

이제야 내 마음의 문은
연꽃잎으로

그대가 새로 짜 놓은
생명의 문이다

비 오는 날의 초상화

온 세상이
대지를 적시고 있다

강한 빗줄기는
내 심장의 혈류를 타고
내 마음에 온기를 불어 넣고 있다

목마름에
갈증을 해소라도 시킬 듯

차창 유리 밖에는
또 다른 시선이 나를 저울질한다

한잔 술은
밤새 나의 의지를
강하게 만들었다

당신이라는 주춧돌
당신이 없었다면 난
이 세상 사람이 아니었을 것이다

길게 참았던 순간들이
주마등처럼 뇌리를 스치고 지나간다

당신과 나
이 세상 다하는 날까지
함께 할 수 있을까

아침 편지

이른 아침
잠에서 깨면

당신의 백옥 빛깔로
그대에게 이른 편지를 써봅니다

긴긴밤 우리 사랑과
긴 시간들의 속삭임

해맑은 바람으로
그대 모습이 그려집니다

당신의 백옥 살내음
그 속으로 들어서면
천하 만물이 숨을 죽이듯
고요하기만 하고

고뇌와 번뇌는
발붙일 곳 없어
떠도는 먼지였음을 먼저 고백합니다

당신의 흐느끼듯 한 입술
싱그러운 풋내음으로

당신의 심장으로부터
파도쳤던 순간들이
이제는 마음속에 담아둡니다

나의 사랑

당신은 나의 사랑입니다

허전한 마음 감출 수 없어
설잠으로 늘어진 조각 같은 밤

가늘게 내리던 빗줄기는
보고 싶은 화신인 양

내 마음을 강하게 두들기며
그대를 깨웁니다

그대는 내 가슴
명치 가장자리에
깊숙이 자리 잡고
내 마음을 저울질합니다

색다른 경험과
또 다른 시련

시작을 알리는
미약한 나의 사랑입니다

삶의 향기

아름다운 향기가
온 누리에 맴돌고 있다

향기로운 것은
꽃이 아닌
한 인간의 자성에서 뿌리내렸다

아름다운 당신
심성이 곱고 고아
향기로움이 바다 건너 넘치고 있다

꽃은
결실을 맺기 위해
부지런히 유혹에 미소를 날린다

비바람이 불어와도
거센 눈보라가 불어와도

그 꽃은

오늘도 인동초처럼 살아간다

그대 있는 곳이라면

죽을 만큼
그대가 그립고 보고 싶어도

저 산 바위 몸짓처럼
비바람 앞세워
안으로 모시고 살듯

그렇게 한세상 살다 보면
그대에게 다가올 아침도

어둠에 묻혀 있지 않고
그대를 향해 창문을 노크합니다

아침마다
내 마음을 담고

사랑은 때론
죽을 만큼 빌고 비는
내 맘이 어디엔가 닿으면

그대 행복의 손짓으로
내 사랑이 머무는 그곳에

그대가 머물고 있어
나는 행복합니다

초가을 향기

초가을 햇살이
눈부시게 내립니다

담장 모퉁이
저편엔 앙상한 가지만

어느새 잠에서 깨었는지
산들바람에 춤을 추기 시작합니다

그대는 나의 마음을
알아주었는지
해맑은 인사를 합니다

그리고 가슴 깊이 안으며
사랑의 선물로 달랑 남은
꽃잎 한 장으로 내 마음을 담습니다

하얀 나비가 사뿐히 내리면서
부드럽게 연신 날갯짓을 해댑니다

가을은 또 이렇게 시간을 재촉합니다

사랑의 편지

하얀 그리움이
하얀 꽃잎 되어 다가옵니다

유혹은 계절을 만들고
성급한 가슴 열어
동백 꽃 열매를 담아보는 계절

바람에 실려 온 이름 모를
꽃향기에 가슴 뿌듯함을 당신의
향기에 취해 봅니다

아, 아름다운 계절이여

내 마음 흔들어 놓은 당신은
소리 없는 반란 속에
시치미 떼는 당신입니다

사랑의 향기는 추억까지
거절할 수 없는 미소를 머금지만

오늘도 어김없이
우리의 인연은 지평선 인가 봅니다

당신과 나
우연이 아닌 인연으로
고리를 동여맨 셀 수 없는 세월 동안

꽃망울 이파리 상할까
새색시의 걸음마처럼

수줍은 마음 한 아름 담아
오늘도 속삭입니다

늘 당신의 사랑으로

당신은
늘 사랑으로 저를 바라보십니다

당신은
나를 속이지 않습니다

당신의
커다란 눈동자 속에
항상 저를 담아 놓고 계시니
저는 행복합니다

사랑합니다

사랑이 변한다면
그것은 사랑이 아니라
잠시 사랑을 빙자한 것입니다

당신이 우리의 사랑을
포기하지 않는다면
그 사랑은 우리가 죽을 때
죽어서도 영원하리라 생각합니다

당신을 만나
처음으로 느끼는
이 아름다운 사랑의 마음

차곡차곡 쌓아
우리 사랑을
그 누구도
질타하지 않게 하고 싶습니다

만나온 세월이
사랑의 척도를
가늠하는 것이 아닌

서로의 마음이 사랑을
예기할 수 있다는 것을
우리 서로 알 수 있었으면 좋겠습니다

Ⅲ. 봄이 오는 소리

국화꽃

숨결을 불어넣어 주세요
당신의 뜨거운 입김으로

사랑을 안겨드리세요
빛깔 좋은 사랑으로

먼발치에서 사모하듯
나를 향해
미소 짓고 있는 그대

가을을 알리는
나의 사랑입니다.

가슴에 품고 싶은
나의 향기

기다림에 지친 듯
그대는 나를 부여잡고
타독 타독 품에 안기웁니다.

겨울비

을씨년스럽게
비가 내리고 있다

봄을 재촉 한다
내리는 가랑비는 말이 없다

그냥 침울한 대지를
촉촉이 적셔줄 뿐이다

짧은 겨울은
하얀 설국의 추억만 남기고

대한이 지나면 입춘이 다가오듯
소리 없이 다가올 것이다

봄이 오면
모든 것이 녹아내려
그대 품만은 따뜻하려는지,

인생

티끌 인연 홍취에 취해 일어나니
풀어지는 실타래 매듭
끝없어 보이더라

인생사 그러한가
삶 또한 그러한가

궁벽한 남쪽 하늘
그리움만 가득하네

神이 내린 청복
허락할 수 없으나

내 운명 쓸려 내려갈 곳 몰라 하더이다

답답하네
고달프네
서글프네

꿈속 허상 깨어보니
흔적은 오간데 없고
무성한 잡초만 내 심정 누르는데

구름 가듯 물 흐르듯
내 뜻대로 하소서

삶의 의미

지나간 삶의 흔적
물밀 듯이 휘감고

저녁노을 드리우면
차 한 잔 생각나네

어두운 그늘 네온사인 스케치 하는 가로등
이 한 몸 안주하기 위해 기대었던 기억들

소심소고素心溯考란 말인가?

흔들리지 않는 갈대가 어디 있으리오
눈보라 휘몰아치는 삭풍에도
육신은 굳어
소리 없이 흐느끼는 물결만이
벗이 되어 녹여주는데

청산이 소리치면 찾아오려나
버려야 할 것이 무엇인지 고민하는 순간
발가벗은 나무가 행복해 보이듯

다가오는 황혼의 빛깔로 저물어 가는 삶이
다 타버린 촛불 같은 심정일까

그림자

생명의 씨앗 속
몸부림치며 비켜가는 인연

깨우치지 못한
그 어떤 진실과 허물도 모른 채

그저 뜬구름 향연 되어 흘러갈 뿐
고독과 슬픔이 몰려오네

자꾸만 깊어지는
시간의 초월 속에
나는 뒤흔들리는 청산에 솔잎 되니

향기를 머금고
아쉬운 미련 되어
눈을 감고 그림자를 그려 보네

꽃잎처럼 안심인명
다하는 날까지

내 영혼 벗 삼아 길 따라
내 마음 그려 보네

살다 보면

세상을 살다 보면
소소한 마음이 다가온다

비좁은 어깨
기대고 싶은 충동

눈을 감으면 누군가에게
내 작은 위로를
받고 싶은 연민이 다가온다

여정의 길
너무 멀어 보이지 않지만
낯설게 다가오는
여로는 야속할 수밖에 없다

눈썹같이 지는 해는
중천에 머물며

시간을 저울질하며
삶의 울타리를 벗어나려고 한다

무엇을 욕심내려 하겠는가
단 한 방울 흘려보낼 수 있는
따뜻한 마음 하나 있으면 되는데

소소하고 허허로운
삶이 생채기하며 지나간다

머무는 구름과 떠도는 바람처럼

천년 전주

전라감영의 중심지
천년의 완산이라

서쪽으로 김제요
서북쪽으로 이리가
원을 그리고 있으니

호남문을 초입으로
병풍처럼 그림을 그리며
세월의 흔적따라
완산은 전주라 불러지네

마한시대
완산성의 기백
하늘을 찌르고 백제에 이르니
완산으로 개명 되는구나

후백제 견원은
전주를 도읍지로 정하고

인고의 세월
숨이 다하는 순간까지
완산이라 칭하였네

파란만장한 무신정권
숱한 이슬이 되어
말라비틀어져 꽃피운 동백꽃 시절도 있었건만

일제강점기 바다 건너
현세에 이르니

노령산맥의 지류
고대산은 자식의 품이었네

어머니 같은 덕유산은
기린봉을 안고 있다네

만경강은 어머니의 젖줄이요
모악산은 어머니의 가슴이라

전라감영은 충적토상이니
품 안에 경사는 평지로세

전주 객사

매화꽃은
번민이라던가

나그네의 바람은
고요 속의 화음이라

객관은 칙사의 유숙지요
교지 배려의 성지라

주관은 풍패지관으로
국권을 상징하니

이 어찌 조선왕조의
발원지가 아니겠는가

천 년의 세월이 야속하네
해화당은 자취를 감추고
청연당 마저 소실되니

치맛자락 처마 끝 풍경소리는
유수의 장송곡이라네

창방 위에 놓인 화반이 그립구나
홍살문처럼 살대를 꽂았던
겹처마와 맞배지붕은 어디 있나

막대 초석 위 두리기둥이
주상을 향한 창방인 것을

야속한 대들보여
이익공 같은 주심포집이 그립구나

풍남문豊南門

충적평야의 도성 풍남문이여
전주는 인물이 번호하고
옥상이 즐비하다 하여 고국 지평이라 하였다

이는 반월성을 중심으로
현부성과 도호부 설치로 볼 수 있거늘
보물 제308호 그 둘레는 읍성 5천3백56척이요
높이는 8척 성안에 2백23개의 우물이니
이는 조선왕조의 위상이요 위엄이라

호남의 부성은 사대문이라
완동문 풍남문
패서문 동북문로
그 기상은 하늘 높은 줄 몰랐으나

아, 천년 고도의 슬픔이여

전주부성은
조선 통감부의 폐성령에 의해

그 어느 날
추풍낙엽처럼 소리 없이 사라지니

나 홀로 풍남문이
행인의 걸음을 멈추는 길벗이 되었구나

사대문의 시조는 웬 말인가
명견류를 시초로 판동문 상서문 중차문의
초루는 어디로 갔단 말인가

애석한 마음 감출 수 없으나
일제의 강점기는 소실의 흔적만 남기고

홍락인은 숱한 고난과 역경을 딛고
일어나 풍남문의 초석을 다지고 세우니
현세에 이르러 전주의 혼이 되었던 말인가

완산의 혼은 전주의 영혼이 담긴
근대문화의 근원지 풍남문이여

나 그대를 전라감영 백성의 일원으로
홍락인을 완산의 꽃이라 부르고 싶네

경기전慶基殿

달빛은 태조로 평강에 잠들고

천 년 마실 길
완산칠봉은 정신적 지주라

길가는 수레마저
조선 태조를 만나니

수많은 우어곡절
슬픈 노래는
이별의 눈물 되어 물결을 이루는구나

임진왜란 정유재란 속
병자호란을 만나고

어진을 지키기 위함은
무성한 잡초 밭에

석양을 낚는 형상이니
긴긴 동면에
갓 피어난 인동초라 부르고 싶네

세월을 낚아 성년으로
돌고 돌아온 조선 태조 표본이여

간담이 찢어질 듯 고진감래 속에서도
인자하신 태조의 미소는
백성의 근심을 고이 잠재우고
천년의 품에 잠기었으니

긴 하루가 새벽이 어려운 시절에도
완주 위봉산성 돌담기운 아니겠는가

조선 태조의 초상화여
관수세심처럼 그대는 잠들었으나

우리 가슴에 배꽃 향기로움으로
후세에 태양이 수정처럼 훤히 빛나듯
전주인의 가슴속에 영원히 남으리라

상원절上元節

새벽녘 홰치는
장닭 울음소리
동쪽 하늘 붉게 열리고

쟁반 같은 둥근 형상
솟아오르니

어머니는 귀퉁이 장독대에 정화수
떠놓고 이슬을 젖게 하시네

동네 어귀 마른 둔덕
달집과 쥐불로 그 허물을 벗기고
타닥타닥 몸부림은 연기처럼 사라지네

삶에 빗장을 풀었을까
풍년을 기원하는
농민의 그을린 두 손이여

달집 속에 깨알 같은
소원 하나 묶고자
둔덕 위에 모였나

춘삼월

하늘은 홀수요
땅은 짝수라

깊은 시름 털고 일어났는가
음양의 변화는 긴 잠을 깨우니
매일생한불매향梅一生寒不賣香이라 하지 않았는가

고운 매화 향기 감추고
산과 못으로
서로 인연의 줄기로 통하니

바람과 천둥은 서로 부딪치며
천지인에게 그 향기 뿌리노니
이 또한 교섭이 아니겠는가

만물이 소생하는 춘삼월이여

바람은 움직임을 흩고 지나며
햇빛은 세상을 밝게 하니

이는 곧 하늘은 아버지요
땅은 어머니 아니겠는가

동방은 봄을 알리며 상징하고 있으니
천년을 묵어도
매화 향기는 변함없이 간직하리라

성불사

운림과 시성이 머무는
차가운 촛불 아래
들려오는 불경 소리

숲속의 화음일까
부처의 울림일까

언제나 맑고
잔잔한 그곳

망표길 따라
늘어진 나뭇가지

오솔길 열어주고
호수에 잠긴 달빛 그림자
석인碩人과 정인淨人이 머무는 곳

여보게,
한번 가보지 않겠나?

4월의 가랑비

꽃잎조차 설렘으로 다가오는
시간의 초월 속에
소담스레 내려앉은 그대

행여 두드리는 심장 한쪽
마음 상처 줄까

소리 없이 실바람 타고 오신
님의 인기척은

사계의 틀 안에
천상의 화음일세

숨죽여 아침을 열어보니
화사한 봄날

그대는 꽃잎 가득
웃음으로 나를 반기우고

질곡의 흔적 안개 속으로
자취를 감추니

파릇파릇 새순 돋아
봉오리 세우는
4월의 꽃잎은
한 폭의 수채화처럼 내 안에 피어나네

봄이 오는 소리

계절의 채찍 속에
북방 한파 헤집고 찾아온
향기로운 바람이여

유풍의 돛을 달고
고운 빛깔 담아
사람들을 혼미케 하더니

비취색 입고
진주알 수놓은 포도알처럼

입안에 터지는 해맑은 소리로
그대의 작고 낮은 음성은
춘삼월을 알리고 있네

아롱진 담장 넘어
아지랑이 파릇파릇 솟아오르고

뜰아래 흰 나비 날아오르면
눈썹 아래 실눈처럼 그대는 나를 반기우니

백옥 같은 그 눈빛
추파로 유혹하는 아름다운 아침이여

알몸을 벗은 듯 그 향기로움으로
얼굴을 내미는 춘삼월 화음은
아름답기 그지없네

Ⅳ. 은명이 다하는 날까지

그리움 2

긴 세월 속
몽유 되어버린
질곡의 사랑이 그리움에 파묻혀

내 인생에
끼어들 수 없는 사랑이 되어
살며시 찾아옵니다

밀려오듯 몰려오는
파도의 향연처럼

거리의 화려한
네온사인 오색불빛이
자욱한 연기 속으로
사라지는 야심한 밤

막연히 바라보는
그 눈길을 잊을 수 없어
가슴으로 그대를 살포시 담아 봅니다

희미한 사랑
철학을 가슴에 담고

한 잔의 술은
고독과 외로움을 비워내며

한 잔의 잔은 당신의 사랑을 마시면서
이 밤을 헤집고 별을 세어봅니다

춘향아, 향단아

광한루 원 초입 넘어
단신 문이 그리워 한발 내디뎌 보니
절개의 초상화 나를 반기더라

그대는 옥반가효만성고玉盤歌肴萬姓膏로
울부짖었던
성춘향이란 말인가

정조를 목숨보다 귀히 여겨
처마 밑 거미 한 마리처럼

찬이슬 젖은 채 목쇄木鎖에
님을 그리워하였거늘

님 그리워 그네를 벗 삼아
동요를 쳤던 말인가

내님
어사또 되어 금의환향 하였건만

지리산 물줄기 타고 내려온
은하수는 연못에 갇히어

천 갈래 찢어지는 아픔을
그대는 요천강이라 하지 않았는가

님 그리워 오작교에 오르니
만남이 곧 내 생인걸
견우와 직녀가 웬 말이오

향단이는 그네를 잡고
노를 젓듯 춘향이를 밀어내니
내 님 어사또 그대는 어디 있는 고

채색한 구름 한 점
꽃무릇 사이로 사라지고

울렁이는 이내 가슴
애타게 어사또를 찾는구나

봄꽃 향기

동백 꽃잎은 부용을 시샘이라도 하듯
붉은 자태를 토해내며 아침을 맞이하네

봄을 알리는 방화芳花일까
이곳저곳 둥지를 틀고 있는
매화 꽃잎은 몸부림 속에 피어오르고

길게 늘어진 수양버들 마음이 초조하여
바람결에 사랑을 재촉하니

님을 향한 방초芳草는 향기에 도취되어
벌과 나비를 부른다네

명주에 얇은 비단 옷깃을 여미면
감출 듯 드러나는 봄 처녀의 속살일까

살포시 입맞춤하는
님의 볼은 홍조 빛으로 가득 하구나

모악母岳 향기

실개천 흐르는 연분암 옆 숲 속 향기
술잔에 의지한 듯 홍취紅取에 취한 걸음은
매봉과 독배길에서 아름다운 해후를 하니

님 그리워 꽃향기 시들까 매봉 능선 올라보니
어귀에 한 그루 피어오른 반가운 철쭉은
천 년의 완산을 모악으로 품었구나

가녀린 잎새
줄기 타고 내려앉은 텃새 한 마리

알알이 맺혀있는
꽃 등불 하나 입에 물고
둥지 속으로 들어가니

바람결에 텃새는
갈 곳 몰라 숨 가쁘게 날아오르네

해 지는 연분암 풍경소리
여울 가 내 영혼의 품

산사의 풍경소리

나 스스로 자아를 다스리면서
작은 그릇이라도 비워야
번뇌의 업장을 소멸할 것인가

호남기맥을 휘감고
뿌리내린 작은 절 성불사

고요함을 깨우는 처마 밑
비어飛魚의 울음소리
자비의 정겨움으로 다가온다

사람의 본질은 한 점 흩어지지
않았음에도 혼탁해지는
마음은 무슨 연유일까

나 스스로
마음을 다스리고 싶다

미혹이 출렁일 때마다
두 손 모아 감로甘露의 문을
열고자 하였으나

끊임없이 이어지는 탐욕과
업장의 참회 속에
자기 망상적 치유 불능으로
자신을 버리는 건 아닐는지

아, 부처님이시여
두꺼운 지난 세월

텅 빈 마음으로 오온五蘊을 빌어봅니다

인연

찻잔 속에 띄워 본
그윽한 향기 시문詩文에 머무니

찻잔 속에
담아본 매화꽃잎
"꽃잎 옥색에 담긴 깊은 사랑이어라"

꽃바람 배회하며
다가온 사랑

이슬 불빛 벗 삼아
연꽃잎 그려보네

심복沈復의 부생육기浮生六記
현담玄談속에 담겨진 고苦와 악樂

멀리서 부는 바람
덕진 연못까지 닿으셨네

고랑에 진흙 안개 꽃 피우니
만상萬象은 무극無極으로 돌고 도는
연가戀歌 아니겠는가

동진강 노래

망기忘機 속 동진강 하늘빛은
물처럼 고요하기만 하고

까마귀 울음소리
구슬프게 울어대니

저 드넓은 충적평야
생명의 혼이 청탁淸濁으로
가득 하는구나

깊은 사연 안았을까
알 수 없는 세상은

알 수 없는 사연으로
그렇게 돌고 돌아 갈 뿐인데

긴 잠에 녹아 한적한 자시로
모여드는구나

도도한 사물은
그 울림으로 퍼지고
고르지 않은 그윽한 풍치가

서산에 기울려 저울질할 때
나 홀로 채미가采薇歌 되어
한 곡조 부르고 싶네

초심

우리가 사랑할수록
더욱 입가에 맴도는
말이 하나 있습니다

미치도록 사랑할수록
하고 싶은 말

사랑해

사랑해 라는 말은 환상처럼 들리겠지만
말을 할수록
말을 들을수록
우리에게 메말랐던 사랑의 씨앗을 키워줍니다

당신을 사랑합니다

말로 표현하기엔

턱없이 부족한 나의 사랑이지만

어제처럼 어루만지며

포옹하며 끝없는 사랑의 전율이

흘러도 부족한 게 바로 우리 사랑입니다

매일 바라 볼 수만 있다면

얼마나 좋을까

늘 함께 하고픈 마음 다가서 있지만

그래도 그리운 존재는 당신입니다

꽃잎 같은 그대에게

심원암深源庵 등불 아래
읊조리는 사랑가는
향기로움으로 스며들고

천상의 그대 모습
그리움으로 다가오네

토막 낸 세월의 상처이런가
금산사 수양버들
그대 치맛자락에 흔들거리니

이 몸 어찌 찻잔 속에
그대 모습 기울 것인가

영혼 속에 잠들어 있는
하얀 매화 꽃잎이여

조각낸 나의 사랑은
눈물 속에 질곡이어라

지는 노을 속
못다 이룬 우리 사랑

지는 풍경
오색무늬로 저무는데

생의 나락은
천지인의 번뇌와 상념으로
영혼 속으로 사라지는구나

꽃잎 하나
술잔에 띄우고 싶네

이별을 고하고 슬퍼한들 무슨 소용 있으리오

나, 인해仁海
그대와 함께 연리지로 남고 싶다네

우리의 사랑이

짙은 안개 사라지고
동이 터오는 이른 아침

그대 그리고 나
우리의 사랑을 그려 봅니다

사랑받는 것 보다
누군가를 사랑하는 것이
더 좋은 일이라지만

우리는 스스로 터득해 가면서
무르익고 있습니다

서로를 사랑한다는 것
참으로 어려운 일입니다

무언가를 바라기보다
먼저 생각하는 마음

우리의 사랑은
퍼내도 마르지 않는
샘물 같은 사랑입니다

당신을 대할 때마다 느끼는
내 마음입니다

갈무리

창문을 두드리는 햇살이
상큼하게 사랑으로 다가오고

촘촘히 엮은 명주실 같은
나의 사랑

사랑의 일치일까
깊은 가슴 내밀어
알록달록한 슬픔과 기쁨의 길을
설계해본다

당신 곁에 내가 있고
내 곁에 당신이 있으니

가슴속 깊은 곳까지
우리는 하나가 되어있다

목숨 걸고 살아온 고소한
삶의 오솔길이 아름답기만 하다

미로 같은 사랑의 저녁노을이
하늘 아래 부옇게
자리 잡고 있다

은빛 갈무리처럼

그대 그리움

옷깃 세우고 악착같이
살아왔던 시린 가슴 한 구석

그리움의 향기가 저녁노을 따라
그대에게 다가섭니다

해맑고 밝은 미소
당신의 향기

파릇하게 솟아나는
초록의 세상입니다

눈이 부시도록
행복에 젖어
눈물이 흐를 지경이지만

난 당신에게 아무것도 해줄 수 없어
미안할 따름입니다

반가움에 포옹하고
아주 오래도록 그대의
품속에 취해 묻혀 버리고 싶습니다

너무 보고 싶은 그대
아직도 그대의 향기는

내 가슴속에 향수로
촉촉이 젖어들고 있습니다

당신을 향한 내 마음

가느다란 실바람 타고
날아오는 고운 꽃향기 속에
그대 풋풋한 봄내음이 풍겨옵니다

청순하고 우아한
하이얀 목련꽃 봉오리

그대의 활짝 웃는 모습이
아지랑이처럼 피어오릅니다

노오란 개나리꽃 닮은
천진한 눈웃음 머금은 채

진달래 빛 사랑으로
당신은 내게 다가오셨습니다

물먹은 초록 잎 새
싱그러운 미소가 드리워지고

햇살의 따스함으로
가슴에 품었던 그리움들이
포근한 사랑으로 다가옵니다

이 밤도
내 마음 사르르 눈 녹듯이

마음의 창

멀리서 누군가
마음의 문을 두드립니다

똑똑 자꾸만 열어 달라
소리를 지릅니다

살며시 못이기는 척
마음의 문을 열어 봅니다

그 틈 사이
작은 마음이 들어옵니다

봄의 향기일까요
아주 달콤하고 야릇한
핑크빛 초콜릿 향기가 다가옵니다

달콤하고 부드러움으로
내 마음을 자극 합니다

벌써
내 마음속에 들어왔나 봅니다

내 마음이 뜨거워집니다

연분홍 너울대는
화사한 봄으로

아지랑이처럼
그렇게 춤을 춥니다

운명이 다하는 날까지

봄에 오시려거든
내 가슴 가득 채울
향기로운 꽃으로 오시게나

초췌한 모습일지라도
난 상관없다네

마음만 따뜻하고
가득한
사랑만 들고 오시면 되지 않겠나

우리의 운명이
숙명처럼 다가와

한 생을 살며 지는 날까지
살겠다고 약속 하시게나

그러면 난 당신
내 가슴으로

영원히 사랑하며
안식의 베게가 되도록 할 것이며
내 어깨를 평생 내어 주도록 하겠네
나를 진정 사랑한다면…

土地

서희의 침묵이
겨울바람을 몰고 온다

새벽을 여는
길상은 망태 하나 둘러매고

초가지붕 위 호박넝쿨은
비옥한 토지의 숨결을
단숨에 들이킨다.

木草와 大地의 신비로움일까?

얼어붙은 박경리의 손끝에
매서움 서려있는 영혼의 그림자

홀로 선 최 참판 댁 은행나무 열매는
서리 위에 뉘어진 아픔처럼
주렁주렁 이야기만 들려주고 있다

산고産苦의 밀실에서

허 윤 | 시인·소설가

　산고産苦의 밀실에서 창작이란 신비로움 그 자체였다, 영혼을 맑게 하고
마음을 다듬는 비밀스러운 집필은 나에게 또 다른 기쁨이요, 신비로운 영감
이 저절로 떠오르게 하였다. 결코 벗겨질 수 없는 원천의 힘이 묵시적으로
잠재화되어 있다 하여도 나는 밀실의 공간에서 영감의 추상론에 빠질 수밖
에 없었다.
　작품의 모티브는 여러 갈래로 분류된다. 문학적 가공의 의미를 부여하는
예술의 행위 범위 안에서 실제 모델을 주인공으로 삼아 시심에 담았으며 애
증의 증폭을 가시화하여 서정적 자아를 감정의 기폭제로 삼아 창작의 의미
를 더했다.
　대개의 경우 질곡의 아픔을 노래하였고 현실을 소재로 투영하여 그리고
자 노력하였으며 시를 짓기 위하여 의도적으로 붓이나 종이 따위는 필요치
않았다. 어쩌면 소재의 중요성이 인정 되었을 때 화자는 여흥을 가미하기 위
해 무던히 노력하였던 시간들의 결실이 이 한권에 담았는지 모른다. 아무 생
각 없이 산에 올랐을 때 떠오르는 영감과 살아온 세월 속에 당신이라는 뜨거
운 품속 같은 숨결을 느끼며 험한 산도 평지와 같았던 봉우리를 들락거렸을
때 한 자락 햇살마저 그대 머무는 품속으로 들어가기 위해 나는 창작의 열의

를 다할 수밖에 없었다. 글의 짜임과 추임새는 중요치 않았고 사색의 편린들을 주어모아 하나하나 짜 맞추고 보니 어느새 한 편 한 편이 한 권의 작품집으로 탄생하게 되었다.

당신은 나의 영원한 사랑입니다
처음부터 지금까지
당신만큼 고마운 사람은 없습니다

세상에 둘도 없는 당신
나보다 더 당신을 사랑하여
나는 하루에도 몇 번씩
당신에게 사랑을 고백하게 됩니다

당신이 이토록 내 가슴에 자리 잡을지
어찌 알았을까요
당신은 내게 이런 사람입니다

당신은 나의 힘의 요새
오직 당신만을 사랑하게 만드는 사람입니다

당신은 봄이면 초원의 꽃이 되고
여름이면 산과 들, 바다에 이는 바람처럼
달콤하고 시원한 노래를 들려줍니다

우리가 만난 여름이 가고

둘 만의 사랑이 오색 단풍으로 물든 가을도 가고
겨울이 와도 새하얀 눈꽃송이에 파묻혀

더 뽀얀 사랑 내밀어
나를 유혹하고 빠지게 하는 사람
오직 내 안에 있는 영원한 당신입니다
　　　　　　　　　　　　— 「그대를 사랑하는 이유」 전문

　내 안에는 여느 꽃보다 예쁜 꽃향기로 내 가슴에 피어오른 것이 있었다. 그것은 세찬 비바람에도 흔들림 없고 한 여름 뙤약볕에도 시들지 않는 향기로운 시였다. 시는 밤낮없이 나를 부르는 영혼의 꽃처럼 피어났다. 그리고 자연스럽게 내 운명이 되어 사랑하고 좋아한 지가 어느덧 수십여 년이 지났다.

　위의 시를 卷頭詩로 올리면서 많은 생각을 하게 되었다. 이 한편의 시를 보면 내 안에 머물고 있는 "내가 그대를 사랑하는 이유"는 남녀간의 사랑을 입체감으로 예찬하고 있지만 문학적 시의 흐름은 필연적으로 다가오는 대중의 순수한 서정시로 자유로운 형태를 이루고 있다.

　시의 장르에는 여러 가지가 존재하고 있지만 나는 감성과 이성의 조화를 경험하게 하는 erotic한 오감의 융성을 결합하고자 했고, 사랑을 주제로 다면적 감각을 융합하여 추구하듯 남녀 간의 고유한 감각을 그려내고자 노력하였으며, 사랑에 대한 노래를 diversity한 구성과 짜임으로 둘 만의 애틋한 감성을 그려보고자 했다.

　사랑을 하면 시인이 될 수밖에 없다는 논리도 일리가 있는 듯하다. 사랑을 하지 않고 그 헤아림을 어찌 알 수 있을까. 물론 실험적 요소도 따르겠지만 단어의 소프트 포임(soft poem)과 서체 효과(verbal choreography)면에서 시의 리듬을 강조하였고, 시 낭송과 결합할 수 있도록 최대한 노력했다.

詩에는 보는 詩와 느끼는 詩가 존재한다고 한다. 독자를 위한 기초적인 詩性의 진정성을 집착하면서 인간적인 사랑의 욕망을 자기표현으로 그리고 있는 詩人의 詩세계를, 느끼는 시(poem of sensing)로 바람처럼 표현하고 있는지 모른다.

사랑은 무색채를 띠고 있다. 위 詩에서 볼 수 있듯이 사랑은 저음부터 고음의 리듬으로 내려앉았다. 섣불리 감정을 감추면서도 토해낼 수밖에 없는 만남과 사랑, 그리고 고백, 결국 조각인생에서 어느 한 곳에 머물며 그녀의 품속으로 빠져들 수밖에 없는 한남자의 이야기를 그리고 있는지도 모르겠으나, 저자도 삶의 맥락으로부터 떨어져 스스로 가장 쓸쓸하고 외로운 자리를 찾은 숙명적인 존재를 그리고 있다는 것이다.

누구나 혼자라면 외롭지 않은가. 이처럼 이 詩에서 볼 수 있듯이 사랑의 주제로 자유스러운 흐름에 조금도 분칠을 하지 않고 고깔을 씌우려 하지 않고 맑고 담백한 그림을 그리려고 노력하였다는 것이다.

만남이 시작되면서 사랑을 알게 되고 서로 지신의 감정을 감추려 많은 노력을 하나 결국 둘 만의 시간이 길어지는데, 저자는 이 폭 넓은 觀照와 절묘한 조화를 독창적으로 담아내려고 노력하였다.

나는 첫 시집 『당신의 향기 속으로』 출간 이후, 가슴에 시심을 가득 담고 은빛 출렁대는 삶의 줄거리를 찾아 나섰다. 그러면서 서로 부르는 그리운 눈동자 속에 사랑의 촛불로 영원히 기억하는 참된 작가가 되고 싶었다. 그런 욕망으로 꼭 잡은 짜릿한 손끝으로 천년을 약속했던 기억들, 늘 그림자처럼 곁에 두고 마시고 싶은 커피처럼 시는 사랑이 되어 나를 취하게 하는지도 모른다.

詩人으로 살아온 날들을 돌이켜보면 멋지거나 고운 색깔이 없고 보잘 것 없이 힘든 시간의 연속이었다. 하지만 세월이 지나고 계절이 변하면서 늘 그 자리에 주어진 삶을 짓는 여래와 같은 당신이 있기에 잔잔한 시인의 향기로 당신을 향해 한걸음 성큼 다가설 수 있었다. 아름다운 꽃보다 더 아리따운

삶을 피워내는 당신, 늘 당신에게는 부족한 남자이지만 오늘도 당신과 함께
하기 위해 쉬지 않고 달려간다.

　끝으로 부족한 글이지만 이 글을 집필하기까지 많은 도움 주셨던 (사)글
여울시문학협회 김복남 이사장님을 비롯하여 풀빛소리 대표 허대성 시인과
물심양면으로 도움을 주신 모든 분들께 진심으로 감사의 말씀을 올리고, 두
번째 시집 『그대를 사랑하는 이유』를 출간할 수 있도록 곁에서 말없이 내조
해준 사랑하는 아내에게 두 손 모아 감사드린다.

꽃다운 흔적

김복남 | (사)글여울시문학협회 이사장

먼저 허윤 시인의 시는 인간으로서의 성장에 가까이 할수록 좋은 벗임을 말해주듯 이 한권의 시집에는 우리의 삶을 풍요롭게 해주고 때로는 위안과 희망을, 때로는 아름다움을 가슴에 품게 하는 신비와 향기로움이 가득하였습니다.

聖人이신 공자께서는 제자에게 이런 말씀을 하셨다고 합니다. "시를 가까이 하면 마음을 감흥 시키고 사물을 올바르게 볼 수 있게 하고, 남과 잘 어울리게 하며 원망할 수 있게 하며, 가까이는 어버이를 섬기게 하며, 멀리는 임금을 섬기게 하고, 새와 짐승과 풀과 나무의 이름을 많이 알게 한다"고 하였습니다.

저희 협회의 자랑이자 사무총장이신 허윤 시인은 평소 공자의 말씀대로 저희 협회의 온갖 궂은 일을 몸소 도맡아 일 하시면서도 틈틈이 깨알 같은 아름다운 서정시를 담아 우리에게 선물을 하셨는데 제2집에 담겨져 있는 귀한 한 편을 소개합니다.

누각樓閣 공간 속에
붓을 들어
매화 꽃잎 그려보네

실바람에 흔들리는 풍경소리
청하淸夏한
봄 오는 소리 아니겠는가

한 조각 인연으로
그대 머릿결에
매화 꽃 한 잎 꽂으려 하니

그대는 달빛 그림자 속
향풍香風되어
내 가슴에 파고드네

그리움이 바다처럼
눈물로 줄지어 밀려오니
애타는 비익조의 운명일까

붉은 눈물 구슬같이
부서지는 소소한 해 질 녘

우수憂愁와 번뇌煩惱는
나를 혼미케 하더니

술잔에 의지하는 시인의 마음은
주름무늬 씌우고
영혼 속에 잠드는구나

—「꽃다운 흔적」 전문

위 詩처럼 신은 꽃에게 아름다운 모양과 색채 그리고 향기를 주었지만 허윤 시인께서는 우리에게 영혼성이 가득 담긴 언어의 향기를 가슴에 심어주셨습니다.

생동하는 봄이 오면 부스스 자리를 훌훌 털고 땅속에서 물속에서 저마다 기지개를 켜고, 무덥던 여름이 오면 봉선화, 채송화, 백일홍까지 그 아름다움을 더해가고, 가을이 오면 지천으로 아름다운 코스모스와 아름다운 꽃들이 만발하는 풍경도 책갈피에 넣어두고, 겨울이 오면 하얀 설국의 매운바람 사이 어김없이 찾아드는 끝의 태동으로 사계의 속살을 여과 없이 보여주는 것 같아 허 시인의 시는 가일층 시문학의 一助가 정화되지 않았을까 감히 생각해봅니다.

허윤 시인은 시와 연애하듯 사랑에 대한 이야기를 자연스럽게 풀어냅니다. 무딘 가슴을 열어 진지한 사랑을 구축하고 우리들에게 사랑의 고통을 감내하는 방법을 희망詩로 제시하는 그는 사랑에 삶의 진정성을 가미하고, 나아가 영혼의 상상력으로 시에 접근합니다. 수준 높은 언어감과 소소한 삶에 대한 놀라운 통찰력은 허윤 시인만의 특징으로, 그의 시를 만나면 마음 깊이 공감할 수 있는 시어들로 가득하여 한 구절 읽을 때마다 가슴 한 편의 두근거림을 감출 수가 없습니다. 허윤 시인은 시에 사계의 옷을 입히고, 품격 있는 언어와 생명력 있는 시의 세계를 이 두 번째 시집 『그대를 사랑하는 이유』에 담았습니다. 이 귀중한 시집을 세상 밖으로 내놓은 허윤 시인께 다시 한 번 진심으로 축하의 인사를 드립니다.

평론

나를 바꾸는 frame의 智惠
— 풀빛소리 '시하나, 너하나, 나하나' 평론

허윤

뜻밖에 한편의 시를 읽고 충격에 빠졌다. 화자를 만나기 위해 단 한 송이가 이렇게 꽃을 피우기 위해 몸부림을 쳤단 말인가, 마음에서 피어나 청순한 마음으로 시들지 않는 꽃이 되기를 간절히 원한 것처럼 누군가에겐 사랑을 할 수밖에 사랑을 줄 수밖에 없는 시심이 가득하여 frame을 설정하여 필자는 걸어 보기로 하였다.

화자는 있는 그대로 세상을 보고 꿈을 키웠던 흔적을 볼 수 있다. 내 주관이든 객관이든 현실 사이에서 왜곡하지 않고 믿음을 바탕으로 철학을 심리적으로 심어 주었다. 놀라운 일이다. 이제 겨우 화자는 원광여자중학교 3학년생이다. 민감한 사춘기 여학생으로서 우리 삶속에 중요한 줄거리가 프레임으로 영역을 설정하였다.

주눅 드는 시시한 존재는 삶 속에 미련 없이 버렸다. 그러나 화자는 미련 없이 던진 프레임 안에 문제를 제시하였다. "습관은 그 어떤 일도 할 수 있게 만들어 준다"는 도스토옙스키의 명언처럼 화자는 어린 학생임에도 체계적이고 문학적 프레임에 도전하였다는 것에 대하여 필자는 높이 평가 하지 않을 수 없다. 그런 면에서 대학에 나오는 "심성구지心誠求之, 수부중불원의雖不中不遠矣"란 말이 생각난다.

마음으로 간절히 원하고 노력하면 비록 적중하지 못해도 크게 벗어나지 않는다는 뜻이다. 이 말은 무엇을 의미할까. 한번 결심의 프레임은 쉽게 변하지 않기 때문에 자리를 잡을 때까지 반복되는 과정을 끊임없이 노력한다는 것이다.

이런 면에서 허유진 학생의 시는 반복되는 프레임 속에서 하나의 소설을 제시하고 있어 이 중, 2편을 골라 그 시심 속으로 들어가 보기로 하자.

꽃 너머 일렁이는 찬란한 환희는
눈의 연회에 폐막식을 올렸다

봄이다
네가 왔다

봄이다
또 한참을 앓을 것이다

— 허유진, 「春來」 전문

화자는 짧은 시에서 어김없이 다가오는 계절의 변화를 그리움과 사랑을 제시하고 있다. 하얀 백설의 풍경이 지나고 만물이 생동하는 봄이 다가오니 꽃망울을 터트리고 바람에 춤추는 모습을 보면서 그 아름다움에 탄성을 자아낼 수밖에 없는 화자의 눈을 의심한다는 것이다. 2연에 "봄이다/ 네가 왔다" 그 토록 내가 기다렸던 너는 나에 그리움의 대상인 사랑이었던 것이다.

사랑하기 가장 좋은날, 그날이 봄인 것처럼 화자는 매일 빨간 우체통에 오지 않을 편지를 내놓고 기다림에 또 편지를 보냈을 것으로 생각된다. 그러나 막상 기다림에 그리운 사랑이 다가 왔으나, 그 기쁨도 잠시 내 곁을 훌쩍 떠나버린 아쉬움은 또 다른 사랑의 열병을 앓는다. 우리들의 사랑도 언젠가는 끝이 날 텐데 무엇이 발목을 휘어잡고 가슴에 새기도록 사랑을 나누고 싶어 하는 것일까. 그러나 화자는 그대라는 봄을 진정 사랑하여 가슴을 후벼 파고 들어도 그대를 잡고 싶었지만 놓을 수밖에 없는 아쉬움을 바람 같은 향기로 그리고 있는 것이다.

나침반이 고장이 났어.
언제부터 내 북쪽이 너였을까

— 허유진, 「失路」 전문

필자는 문득 "인생은 부사를 최소화 하라"는 말이 생각난다. 부사나 형용사를 남발하면 문장의 생명력이 잃게 된다는 것인데 스티븐 킹의 조언 중에서 "The road to hell is Paved With adverbs,"〈지옥으로 가는 길은 부사로 포장되어 있다.〉부사와 형용사는 언어의 품사이다. 즉, 부사는 동사나 형용사 앞에 그 뜻을 말하는 것이고, 형용사形容詞는 그 어떤 존재감을 나타내는 것이다. 위 글을 보면 어떤 생각을 가지게 될까. "나침반이 고장이 났어/ 언제부터 내 북쪽이 너였을까" 화자의 마음이 완전한 규칙적 형용사로 압축된 한편의 시로 탄생하게 되는 데 단 2연으로 함축된 시심 속에 무엇을 담고 있을까. 인생을 바라보면 매 순간이 문장이다. 그러나 글을 쓰다보면 실로에 빠질 수 있다.

시적인 언어를 살펴보면서 허유진양은 실로 다양한 경험을 통하여 화두를 던진 것으로 보인다. 간략하면서도 뼈가 드러나지 않게 상세하면서도 혀의 정곡을 찌르는 듯한 표현기법이 사로잡고 있다. 시에는 말에 대한 마음이 담겨있어야 한다. 내용과 형식도 중요하다, 글이 강하면서도 온유해야 한다. 내외적 표현기법이 운율을 따라야 한다. 위 시를 보면 화자는 골고루 분포되어있는 의문을 방대하게 제시하고 있다는 것이다. 고뇌의 흔적이다. 시는 특별한 것이 아니다. 느낌을 주는 것이 가장 중요하다, 어느 한 대상을 두고 시각적적으로 그리고 있는 화자의 시를 보면서 밤하늘에 달도 별도 시인의 눈에 붙잡히면 꼼짝 못한다는 말이 생각난다.

감수성이 풍부한 화자의 시를 보면서 다시 한 번 시심 속으로 들어가 본다.

시문학 산책
― 최동운 시인을 만나면서

들어가는 말

문학적 의미에서 글쓰기의 기본적인 도구는 언어의 미학이라고도 한다. 그런 관점에서 필자는 어휘를 휘어잡고 추상과 거짓으로 끌려다녀서는 안 된다는 것을 사전에 밝힌 바가 있는데 아래의 시를 보면서 매료될 수밖에 없는 시인의 마음을 훔쳐보기로 한다.

최 시인의 시를 보면 꾸밈이 없다. 그리고 한 문장을 만들 때마다 마음의 살점을 도려내는 아픔으로 완성해야 했던 작품을 보면 볼수록 그 가치가 더해지는 것을 느낄 수 있다.

필자는 《시산책》 2집을 편집하는 과정에서 최 시인의 숨은 끼를 발견할 수 있었다. 그것은 시에서 빼놓을 수 없는 서정시의 장점인 음률과 장단, 시의 이해와 논리성이 정확하게 그려지고 있기 때문이다.

이번 문학기행은 시산책문인회가 발족이 되고 2집 출간기념으로 마련한 자리이다. 어쩌면 새로운 도약의 기반을 회원 스스로가 만들지 않았나 생각해본다. 그런 관점에서 문학기행과 그 의미를 담은 이 한편의 시는 회원 간의 문학교류를 통한 친목과 화합을 이룰 뿐만 아니라, 오롯이 작품으로도 최 시인의 시를 다시 한 번 주목하게 된다.

달, 별 지는 날까지

최동운

흐르는 물소리
돌부리 마다
장단 맞추며

풀벌레 울음
가락이 정겹고

사랑하는 마음
행복을 수놓는다.

그대여
별빛 가득 모아
달빛 그늘 밝히고
달무리 뿌연 그곳
환하게 하여

달, 별 지는 날까지
당신을 사랑하겠습니다.

위 한편의 시를 읽으면서 시와의 인연은 뜻밖이었다고 피력한 바 있는 화
자는 객관적인 사실보다 주관적인 진실의 바탕 위에 당면하고 있는 자신의

감정을 여과 없이 드러내 마음속에 있는 새로운 의미와 즐거움을 표현하고 있다. 1연을 보도록 하자 "흐르는 물소리/ 돌부리 마다/ 장단 맞추며" 물은 끝없이 흐르는데 물소리에는 화음이 존재하고 있음을 암시하는 대목이다. 부딪치며 내는 소리는 아름답기 그지없다. 메말랐던 정서도 순간 사라지며 純化시키기도 한다. 그리고 총체적으로 2연에서 마지막 연까지를 보면, "풀 벌레 울음/ 가락이 정겹고/ 사랑하는 마음 행복을/ 수놓는다.// 그대여/ 별 빛 가득 모아/달빛 그늘 밝히고/ 달무리 뿌연 그곳/ 환하게 하여// 달, 별 지 는 날까지/ 당신을 사랑하겠습니다." 뜻 깊은 만남으로 이어진 사랑의 결정 체이다. 굳이 설명을 안 해도 뜨거운 포옹으로 안아줄 수 있는 만남과 사랑 을 주제를 그리고 있다는 것이다. 특히 긴 기다림의 양자 사이에 오묘한 직 조의 감성이 여과 없이 드러내는 표현기법 또한 높이 평가하고 싶다. 한여름 뙤약볕에 밀짚모자 쓰고 한 없이 잇닿는 기다림을 꽃잎으로 사랑을 전해주 며 밤샘 이야기 꽃 피우려고 아름다운 이야기를 그리고 있기 때문이다. 날이 새는 조홍까지 눈망울 세월을 밀어내는 표현으로 무딘 정서에 새로운 감성 을 불어넣어준 최동운 시인께 깊은 감사를 드리며 이에 대한 답시를 드리고 자 한다.

사랑 한다
　　너여서

허 윤

초연에 머문 시객 바람
이 육사에 모여드니,

청포도 노랫소리
심금을 울린다네.

광야에 머문 풍류시인
안동 땅에 머무르니

하늘이 열리고
산자수명山紫水明으로 감싸는
한 폭의 그림이어라

아, 월태화용月態花容이 따로 없구나

꽃 심담은 아낙네들
처마 밑 둥지 틀고

수줍어 말 못 하던
님들의 미사여구美辭麗句

저물고 날 새는 조홍朝虹까지
웃음꽃 피어나네.

아, 보고 싶네.

사랑 한다
　　　너여서

여밀 고 저밀 고
담아내는 문우동심

내 마음 베어내어
그대 가슴에 묻어두리.

미당문학 시선 02
내가 그대를 사랑하는 이유

ⓒ허윤, 2017, Printed in Seoul, Korea

초판 1쇄 인쇄 | 2017년 10월 20일
초판 1쇄 발행 | 2017년 10월 31일

지은이 | 허 윤
펴낸이 | 김동수
편 집 | 고미숙
펴낸곳 | 미당문학사
인 쇄 | 쏠트라인(서울 중구 인현동1가 87-18)

등 록 | 제2016-000003호
주 소 | 54902 전주시 덕진구 호성로135, 209-1202호
전 화 | 063) 223-3709, 010-6541-6515
이메일 | midangmh@hanmail.net

ISBN 979-11-958958-5-4

「이 도서의 국립중앙도서관 출판예정도서목록(CIP)은 서지정보유통지원시스템 홈페이지
(http://seoji.nl.go.kr)와 국가자료공동목록시스템(http://www.nl.go.kr/kolisnet)에서 이용
하실 수 있습니다.(CIP제어번호: CIP2016025704)」